Schmutztitel

Schmutztitel

Hallo Freunde,

Bitte verzeihen Sie mir Rechtschreib- und Grammatikfehler in meinen Texten. Zumindest in den deutschen Büchern, lach. Ich bin seit meiner Kindheit Englisch sprechend und schreibend aufgewachsen. Die deutsche Rechtschreibung und Grammatik war nie meine Stärke. Ich habe auch nie Bücher vor 2021/2022 geschrieben. Vielen Dank und viel Spaß beim Lesen.

Ihr B. E. Wasner.

B. E. WASNER

RÉSUMÉ - ODER DIE GESCHICHTE MEINES LEBENS!

AUTOBIOGRAPHIE

Impressum

Bibliographische Information der Deutschen Nationalbibliothek: Die Deutsche Nationalbibliothek verzeichnet diese Publikation in der Deutschen Nationalbibliographie; detaillierte bibliografische Daten sind im Internet unter http://dnb.dnb.de abrufbar .

© 2022 B. E. Wasner

Produziert und herausgegeben von: BoD – Books on Demand, Norderstedt

ISBN: 978-3-7568-1666-8

Besonderer Dank gilt meiner wundervollen Freundin in den Vereinigten Staaten, die dieses Buch in der Englische Version für mich Korrektur gelesen hat. Ich habe dich lieb, Schwesterchen. 

Und dank an meine wundervollen Buchhändle-rinnen, die mir gesagt haben, wohin ich mit meinen Geschichten gehen soll, um sie drucken zu lassen.

INHALTSVERZEICHNIS:

KAPITEL 1

Hallo, mein Name ist <u>Berta</u> Edith Schulz, ich bin am 30. März geboren. 1953 um 8:10 Uhr in Frankfurt/Main, Deutschland, als Tochter einer Krankenschwester und eines US-Soldaten. Als ich ungefähr sechs Monate alt war, ging ich mit meinen Eltern in die USA.

Von 1953-1956 lebten wir in Connecticut, USA. Mein Vater war um diese Zeit im Koreakrieg. 1956 zogen wir an den Panamakanal, wo ich 1958 im Alter von etwa 5 1/2 Jahren an Meningitis erkrankte. Die Krankheit ist fast wie Kinderlähmung, nur viel schlimmer, weil diese Krankheit die Gehirnzellen tief im Kopf angreift und für immer zerstört. Als ich erkrankte, war fast nichts darüber bekannt, außer dass es verschiedene Varianten gab und dass es fast immer tödlich verlief. Wir waren fünf Kinder, die gleichzeitig krank wurden. Der Einzige, der überlebt hat, bin ich, obwohl ich sieben Wochen lang blind war, und trotz Tracheotomie mit einem Beatmungsschlauch, auch Luftröhrenschnitt genannt, um Luft zu bekommen. Ich war vom Hals abwärts komplett gelähmt war. Ich wurde ins Sterbezimmer gebracht und meiner Mutter wurde gesagt, dass das Kind nicht mehr lange leben würde, Trotz all die Medikamente die ich bekommen habe. Ich sah das Licht am Ende des Tunnels und war fast da; konnte die Wärme spüren, dann wurde ich als sechsjährige wieder ins

Leben geholt. Aber nicht so wie ich einmal war, ein gesundes Kind das lesen und schreiben konnte. Nein, ich kam als Neugeborenes zurück, das noch nicht einmal den Kopf halten kann oder eine feste Wirbelsäule hat, sondern wie ein Baby das alles was es zum Leben braucht, erst lernen muss. Denn die Liebe einer Mutter war stärker als der Tod. Gott brachte mich zurück, ich würde ein zweites Mal geboren.

1959 gingen wir nach San Francisco, Kalifornien, USA. Ein Arzt sagte einmal zu meiner Mutter als ich erst sechs Jahre alt war: "Das Kind wird niemals mehr in leben laufen es wäre besser, wenn sie tot wäre." Ich habe dem Arzt das Gegenteil bewiesen. Wenig später sagte mein Vater zu mir: „Wenn du nicht anfängst, deine rechte Hand genauso gut zu benutzen wie deine linke, dann hole ich die Axt und hacke sie ab, dann brauchst du sie nicht mehr. Dann kannst du eine Handprothese bekommen. Also habe ich gelernt, mit dieser Hand umzugehen.

1960 kam ich in die Schule und hatte die ersten zwei Jahre Unterricht und Physiotherapie zusammen auf dem Stundenplan. 1962 war ich in der dritte Klasse und wollte nicht mehr zur Schule gehen, mein blöder Lehrerin wollte, dass wir alle perfekt kursiv schreiben können, und ich war froh, dass ich wegen meiner Behinderung überhaupt Druckbuchstaben schreiben kann, dann würde ich wieder in die zweite Klasse versetzt. Das Beste, was mir passieren konnte.

1960 starb meine Großmutter in Kalifornien. Und am Silvester 1962 flogen wir nach Frankfurt/Main. Bis 1966 lebten wir in Gießen. Dort ging ich in der Amerikanische Schule. 1963, dritte Klasse bis sechste Klasse im April 1966, von da ging es wieder nach Kalifornien. Von September 1966 bis Juni 1969 war ich in der siebte bis zur neunte Klasse der Junior High School. 1969 ging ich in die 10. Klasse Oberstufe für einen Monat.

Irgendwann in die 1960'er Jahren war mein Vater in Vietnam Krieg gewesen. Er war in drei Kriege gewesen, WW II= den Zweiten Welt Krieg, dann in Korea und in Vietnam.

Im April 1968, drei Wochen nach meinem 15. Geburtstag, starb meine Mutter Lucy. 1969 gingen wir schließlich zurück nach Deutschland für immer. In April 1970 heirateten mein Vater und meine Stiefmutter. 1970-1971 besuchte ich die Peter-Peterson-Grund- Haupt- und Realschule in der achten Klasse des Gymnasiums. Ich war damals 17 Jahre alt und hatte kein Interesse an Jungs. Stattdessen habe ich mit meiner Lehrerin über die Unterschiede zwischen den Schulsystemen in den USA und Deutschland gesprochen. Ich habe etwas später von meinem Vater hören müssen, dass ich eine Schlampe, eine Hure, und eine Lesbe bin. Andererseits sagte er: "Wenn du mit einem Kind im Bauch nach Hause kommst, bringe ich dich um!" Das ist kein Scherz und es ist auch kein Scherz mit der Axt und meiner Hand als Kind. Eine Weile später war ich zunächst in der Amerikanischen Psychiatrischen Klinik in Frankfurt/Main, dann in der Landespsychiatrischen Klinik Gießen, wo mein Vater mich nach einigen Monaten beschuldigte, in meiner Kindheit versucht zu haben, meine Familie mit Rattengift umzubringen. Dann machte er mich für den Tod meiner Mutter verantwortlich und sagte, wenn ich damals im Alter von sechs Jahren gestorben wäre, würde meine Mutter noch leben! Das war in den 1970er Jahren.

1974-1975 lebte ich in Isny, Allgäu, wo ich meine Ausbildung zum Bürogehilfen gemacht hatte. Am Nikolaustag, dem sechsten Dezember 1974, verlobte ich mich mit Herrn G. Wasner.

Zwei Jahre später, am 30. Juni 1976, fand die Hochzeit statt. Wir waren sieben Jahre zusammen, bis wir uns 1981 scheiden ließen. Mein Name ist Wasner, mein Mädchenname ist Schulz.

Eine Zeit lang war ich in der WfB= Werkstatt für Behinderten in Herbsteln. Davor war ich in der ITAA= Integration Therapeutische Arbeits- und Ausbildungsstelle. Danach war ich 10 Jahren Arbeitslos. Später war ich in den Werkstatt für Behinderte in Lauterbach bis 1996. Ich verlese die Werkstatt und ging in den Tagesstätte der Vogelsberger Lebensräume von 1996 bis 2009. Dann ging ich wieder in den Werkstatt für Behinderte Lauterbach. Ich war immer noch bei dem Vogelsberger Lebensraum.

Seit den Jahr 1996 bin ich Rentnerin, zuerst bekam ich EU-Rente einige Jahre, dann bekam ich Senioren Rente.

Seit 2010 bis 2022 war ich beim einige Online Radio Sendern mit der gleicher Radio Chef. Seit 2012 habe ich eine Haushaltshelferin.

Krankenhausaufenthalte:

1958- wegen meiner Krankheit mit totaler Lähmung und Tracheotomie. 1959 – Armeekrankenhaus, San Francisco, USA. 1973 Hüft-, Leisten- und Spitzfuß-OP in Gießen, 1976 Blinddarm-OP, 1985 Hysterektomie besser bekannt als Gebärmutterentfernung. In den 1980er und 1990er Jahren hatte ich zwei Blasenoperationen. 2003 Blasenoperation Nr. 3. Und die letzte Operation war 2019 wegen eines Stoma.

Ich habe 1985 meinen Führerschein gemacht und bin ungefähr 25 Jahre lang meine Autos gefahren. Ich bin jetzt seit Jahren zu Hause und seit ca. 1 ½ Jahren an den Rollstuhl gefesselt. Ich kann nicht mehr stehen, ich kann auch nicht mehr gehen.

2009 habe ich angefangen, eine kleine Geschichte für ein Online-Rollenspiel zu schreiben, das ich mit Freunden gespielt hatte. Es spielt in der Zukunft der Star-Trek-Welt. Und dann im Jahr 2016 schrieb ich ein weiteren Teil der Geschichte das ins Jahr 2378 spielt, in dem ich Eltern habe, die von zwei Planeten im Weltraum mit besonderen Talenten stammen. Geboren würde ich auf einem Heimatplaneten und aufgewachsen auf beiden Heimatplaneten, und ich lebte später auf der Erde bei meinen Vormund und Lehrer, Onkel Bouthsberry. Ein dritter Teil der Geschichte kam 2021/2022 hinzu, es ist ein Fantasy-Roman, der in der ersten Fassung in deutscher Sprache mit 106 Seiten gedruckt wurde. Im Juli 2022 wurden einige Änderungen und Ergänzungen vorgenommen. Die Geschichte, die ein Freund Korrektur liest, hat jetzt auf Deutsch 164 Seiten. Und „Resümee – oder die Geschichte meines Lebens", ist Buch Nr. vier. Ich hoffe, die Englische Versionen von der Büchern teilweise zwischen Oktober und November 2022 herauszubringen zu können. Ich hoffe, bis

zu diesem Zeitpunkt auch die Korrektur gelese-
nem Buch auf Deutsch herauszubringen.

KAPITEL 2

Lebenslauf Tabelle:
Vorname : <u>Berta</u>
Mittelname : Edith
Nachname : Schulz
Spitzname : Bunny
Geboren: 30. März 1953
Geburtsort: Frankfurt am Main, Deutschland.
Mutter: war Krankenschwester.

Vater: war Soldat der US-Armee.

Orte, an denen ich gelebt habe:

1953: sechs Monate lang in Frankfurt am Main, Deutschland.

Oktober 1953-1956: in Connecticut, USA.

1956-1959: in Panama, Mittelamerika, in der Panamakanalzone.

1958: Erkrankt in Panama an einer Krankheit, die fast wie Polio= Kinderlähmung ist, nur viel schlimmer. Vom Hals bis zu den Zehen gelähmt und sieben Wochen lang blind.

1959: in San Francisco, Kalifornien, USA nachdem ich mich etwas erholt hatte.

1959-1960: Erstmals noch in San Francisco. Dann zogen wir bis Silvester 1962 weiter nördlich in die Nähe von Santa Rosa, Kalifornien,

USA.

1962 Silvester: zogen wir bis April 1966 nach Gießen, Westdeutschland.

1966-1969: Bis Oktober lebten wir wieder in der Nähe von Santa Rosa.

1969: In Oktober ging es endgültig zurück nach Westdeutschland, und lebten wieder in Frankfurt am Main. Dann bauten in 1971 meine Eltern weiter nördlich ein Haus, in dem ich bis 1974 wohnte. In dieser Zeit war ich auch noch Avon Beraterin.

1974-1975: War ich in Isny, Allgäu, wo ich eine Ausbildung zum Bürogehilfin gemacht habe mit einer Abschlussprüfung vor der IHK Ravensburg. IHK= Industrie und Handels- Kammern mit sehr gute Noten. In 1974 am Nikolaustag den 06.12 habe ich mich mit Herrn G. Wasner

Verlobt. Zwei Jahren später am 30.06.1976

habe ich Geheiratet.

1981: Habe ich mich von Herrn Wasner schei-

den lassen, aber meinen Nachnamen „Wasner"

habe ich behalten.

1985: Habe ich meinen Führerschein gemacht.

Schulen:

Steel Lane Anx. Santa Rosa: Erste und zweiten

Schuljahr, mit Krankengymnastik in den Lehr-

plan mit integriert.

Steel Lane School Santa Rosa: Zweiten Schul-

jahr und eine Behinderten Lehrerin die auf mich

neidisch war weil ich trotz meine Rollstuhl im-

mer gut gelaunt war.

Rhonert Park Elementry School Rhonert Park:

erstes Halbjahr des dritte Schuljahr bis Dezember 1962.

Gießen American Elementry School, Gießen: Zweite Halbjahr des dritten Schuljahrs und viertes Schuljahr.

Miller Hall, Gießen: Fünftes und sechstes Schuljahr bis April 1966.

September 1966 bis Juni 1969: Rhonert Park Junior High School von siebten bis neunten Schuljahr.

September- Oktober 1969: Rancho Cotati Senior High School in den zehnten Klasse.

Peter-Peterson-Grund- Haupt- & Realschule: von 1970-Juni 1971 achtes Schuljahr Hauptschule mit Hauptschulabschluss.

Stephanuswerk Isny, Allgäu: 1974-1975 Berufsausbildung zur Bürogehilfen mit IHK-

Abschlussprüfung.

In 2010 würde ich einige Jahren als Admin in

Facebook spiel 'Zoo World' & 'Zoo World Clas-

sic', zusammen mit Freunde aus der ganze

Welt, nicht nur in Amerika.

Ende.